MW00466204

Guía de lectura

Escrita por Ignacio Mayorga Alzate

Aura

de Carlos Fuentes

Entiende fácilmente
la literatura con

Resumen
Express.com

www.resumenexpress.com

CARLOS FUENTES

PRECURSOR DEL *BOOM* LATINOAMERICANO

- **Nacido en 1928 en Ciudad de Panamá (Panamá)**
- **Fallecido en 2012 en Ciudad de México (México)**
- **Premios literarios:**
  - Premio Rómulo Gallegos (1977)
  - Premio Cervantes (1987)
  - Premio Príncipe de Asturias (1994)
- **Funciones destacadas:**
  - Profesor de literatura latinoamericana en las universidades de Columbia (1978) y Harvard (1987)
- **Algunas de sus obras:**
  - *La región más transparente* (1958), novela
  - *La muerte de Artemio Cruz* (1962), novela
  - *La nueva novela hispanoamericana* (1969), ensayo
  - *Gringo viejo* (1985), novela

Carlos Fuentes nació en Panamá el 11 de noviembre de 1928. Como hijo de un diplomático mexicano, tuvo que educarse en varias ciudades latinoamericanas como Buenos Aires, Santiago de Chile y Montevideo, aunque todas sus vacaciones las pasaba en la tierra natal de sus padres. Fuentes estudió Derecho en México y Economía en Ginebra. Desde muy joven estuvo involucrado en la escritura, trabajando como periodista colaborador para la revista *Hoy*. A los 29 años publicó *La región más transparente*, su primera novela, texto que precede al llamado «*boom* latinoamericano». Además de su exhaustivo trabajo dentro del mundo de las letras —que incluyó la docencia en prestigiosas universidades como las de Cambridge y Columbia— Fuentes desarrolló una importante labor política en la sociedad latinoamericana, ocupando parte de sus reflexiones en el análisis de las estructuras históricas y culturales dentro de las que funcionaba la vida mexicana.

Fuentes falleció en 2012, dejando tras de sí una inmensa obra entre la que se incluyen libros de cuentos, de ensayos y novelas. Aunque nunca recibió el Premio Nobel como sus contemporáneos

Gabriel García Márquez y Mario Vargas Llosa, su obra es, sin duda, una de las más importantes del siglo pasado, no solo en el ámbito latinoamericano sino dentro de la larga tradición de la literatura en castellano. Por ello, en vida, fue condecorado con varias de las distinciones más importantes de las letras en español. Su obra, en la que se desdibujan los límites de la historia como disciplina y la literatura como ficción, es vital a la hora de pensar en el momento más importante que han vivido, hasta ahora, las producciones literarias de América Latina.

AURA

NOVELA GÓTICA MEXICANA

- **Género:** novela gótica, novela fantástica
- **Edición de referencia:** Fuentes, Carlos. 2015. *Aura*. Bogotá: Norma
- **Primera edición:** 1962
- **Temáticas:** brujería, deseo, ritual, juego de dobles

Aura es la cuarta novela del escritor mexicano Carlos Fuentes. Publicada en el mismo año que *La muerte de Artemio Cruz*, esta corta novela relata la experiencia de Felipe Montero, un joven historiador, con la joven Aura y su tía Consuelo. La anciana tía del personaje que bautiza el relato le encargará a Montero, en el ocaso de sus días, organizar las memorias de su difunto esposo. Haciendo las veces de historiador y de escritor, Montero se adentrará en una historia que, aunque al principio es anodina, termina desencadenando misteriosas energías que lo llevarán a cuestionar sus acciones y su salud mental.

RESUMEN

FELIPE MONTERO Y LA MANSIÓN MISTERIOSA

Un anuncio en la prensa local desencadenará la llegada de Felipe Montero a la misteriosa mansión que habitan Consuelo y Aura, dos extrañas mujeres con un vínculo familiar. En medio de la sombría naturaleza de la casa, Montero intentará ordenar las memorias del fallecido general Llorente, que era esposo de Consuelo: una serie de papeles roídos por las ratas en los que el héroe de guerra cuenta su vida en Francia y su relación con la entonces joven Consuelo. Sin embargo, Montero verá interrumpida su labor debido a la obsesión que le despierta la enigmática Aura, una joven de frágil belleza y siempre vestida de verde que llevará al historiador a entrar en una realidad misteriosa en la que las sombras y las pesadillas guiarán sus pasos en medio de la penumbra de las antiguas habitaciones. Entre animales simbólicos, plantas místicas ancestrales y una tenebrosa iconografía religiosa, Montero descubrirá que el mundo va mucho más allá de la lógica de su ciencia, adentrándose, irremediablemente, en una realidad distinta de la que no podrá escapar.

Montero pasa pocos días en la mansión de Consuelo. Aunque al principio se mostraba reticente a acceder a los deseos de la vieja, la aparición de Aura en el panorama hace que la decisión del historiador cambie. Asombrado por la belleza de la joven y por el verde intenso de sus ojos, Montero se dejará caer en el hechizo de las dos mujeres. El dinero, que es lo que motivaba al historiador en un primer momento para aceptar el trabajo, pronto dejará de importarle. A pesar de que el salario es más de cuatro veces superior al que ganaba como profesor, y de que el trabajo le presentaría la posibilidad de adelantar sus propias investigaciones, Aura pronto se cuela en la mente de Montero y, una vez allí, su presencia florecerá como el oscuro jardín que cuida en medio de las tinieblas de la mansión.

EL SECRETO DE AURA

Las dos mujeres de la misteriosa casa ocultan algo extraño. Montero se percata de que existe cierta simetría en las acciones de la tía y su sobrina. Sentado en la mesa bañada por la luz de las velas, el joven observa cómo las acciones de Consuelo se corresponden completamente con las de Aura, como si se tratara del mismo objeto proyectado sobre un espejo. Las claves de este rompecabezas se encuentran ocultas en las líneas del diario de Llorente que Montero lee, reescribe y edita durante todo su tiempo en la antigua vivienda. Sin saberlo, el historiador está descubriendo todos los matices que componen la misteriosa personalidad de Consuelo.

Aura y Felipe por fin se acostarán juntos, concretando el deseo del joven historiador por el cuerpo de la joven. Después de soñar por primera vez en mucho tiempo, Montero se encuentra con que Aura está desnuda en su habitación. La unión se consuma y Aura invita de nuevo a Montero a su habitación al día siguiente. Ya entonces, el historiador sueña con rescatar a la joven de las enclenques garras de su tía y captora. Después de su encuentro, Aura le dice a Montero que son esposos, a lo que él asiente. Los amantes volverán a encontrarse al día siguiente en la habitación de la amada, después de que Montero la viera desprovista de todo encanto y bañada de sangre mientras sacrificaba a un macho cabrío. Arriba, en su habitación, Consuelo imita los gestos de Aura en la cocina.

Montero visita a Aura tras comer la misma cena de riñones y vino que se ha convertido en su dieta desde que llegó a la mansión. El joven historiador es recibido en su recámara, pero la mujer ya no recuerda a una niña sino más bien a una mujer madura. Aura lava los pies de Montero y baila con él frenéticamente por toda su habitación hasta que el deseo en ambos es tan fuerte que terminan de nuevo en el lecho. Al despertar, Montero se da cuenta de que Consuelo ha estado presente durante todo el encuentro, observando con aprobación la unión de Aura y el historiador. La mujer está ahora al lado de su tía y, de nuevo, ambas mujeres actúan de la misma manera, como si se tratara de una sola persona.

Nervioso y confundido, Montero busca una explicación en Aura, que le cuenta que Consuelo saldrá todo el día y que podrán conversar cuando estén solos. Consuelo abandona la casa vestida con su raído vestido de novia y Montero vuelve sobre las memorias de Llorente de manera voraz. En los papeles, el historiador descubre que el general no pudo darle un hijo a la joven Consuelo, razón por la cual la mujer empezó a interesarse por la brujería. En medio de los folios, Montero encuentra fotografías de los esposos y no entiende por qué Consuelo es idéntica a Aura, ni por qué él es idéntico al general Llorente. Montero visita la habitación de Consuelo para encontrarse que la mujer y Aura son la misma persona: el hechizo de Consuelo había tenido efecto. Montero yace a su lado y decide quedarse con la anciana. Aura volverá cuando Consuelo recupere sus fuerzas para poder convocarla de nuevo.

ESTUDIO DE LOS PERSONAJES

FELIPE MONTERO

Es un joven historiador mexicano de 27 años formado en Francia y becario de la Sorbona. En el momento del inicio de la novela lo encontramos en un café barato de la Ciudad de México. Por la información que se nos da antes de su llegada a la mansión de Consuelo y Aura, Montero trabaja como profesor de colegio y no está muy satisfecho con su actividad profesional: prefiere las actividades de investigación que requieren poco movimiento físico y aprovecha la labor que le encarga Consuelo para trabajar en su propio libro: una obra que intenta conciliar, ingenuamente, los complejos procesos históricos por los que pasó México con la llegada de los colonizadores.

Cuando conoce a Aura, Montero no puede sino pensar que está retenida en la mansión de Consuelo en contra de su voluntad y buscará la forma de escapar con ella de la oscura realidad en la que está confinada, pues, desde el primer momento en que cree verla, se enamora de ella.

CONSUELO LLORENTE

Es una anciana en el ocaso de sus días, que busca a un historiador para reconstruir y ayudar a publicar las memorias de su fallecido marido, el general Llorente. Consuelo habla de manera críptica y está siempre acompañada de Aura o de Saga, su coneja blanca. Al parecer, es una persona supremamente devota, al borde del delirio místico, y ha alcanzado una edad tan avanzada que es imposible adivinar el tiempo que ha recorrido con solo mirar su rostro. De frágil salud y con costumbres excéntricas (como vestirse con la chaqueta militar de su esposo o su roído traje de bodas), Consuelo es una mujer sospechosa que, conforme la narración va avanzando, parece esconder un secreto a Felipe y, por consiguiente, a los lectores del libro.

AURA

El personaje que da nombre al relato es, quizás, la persona más difícil de enmarcar en medio del libro. De naturaleza enigmática y siempre vestida de verde, como sus ojos, Aura huele a las misteriosas flores que cultiva en su jardín de sombra. Aunque nunca se describen a cabalidad las facciones de su rostro, que parecen estar siempre cambiando (cuando Felipe la mira pronto olvida cómo es y tiene que volver a mirarla). Al igual que su anciana tía, Aura parece hablar en clave y, dentro de su frágil contextura —a veces niña, a veces mujer adulta— parece albergar tantos secretos como la decrépita Consuelo.

¿SABÍA QUE...?

El nombre del personaje que le da su título a la novela está cargado de significados que ofrecen una clave de lectura del libro. En primera instancia, «aura» se refiere a «un viento suave y apacible» (Mendoza 2015). Esta será una característica esencial del personaje, pues la mujer, como una leve brisa, recorre los oscuros espacios de la mansión y acaricia los objetos que toca como si buscara perderse en las sombras del antiguo caserón. En segundo lugar, «aura» es «una atmósfera irreal que rodea a ciertos seres» (*ib.*), lo que implica que el aura es una característica que solo algunas personas poseen, un hálito mágico que tiene la antagonista de la novela y que fascinará a Felipe desde el primer momento en que cree verla. Por último, y quizás lo más importante, «aura» es un «ave rapaz diurna, de América, de cabeza desnuda y plumaje negro, que tiene olor nauseabundo y que se alimenta de animales muertos» (*ib*.). Este significado es central, pues traza la estrecha relación entre Aura y la magia, la relación entre el ave rapaz y la hechicería. Es importante recordar que, etimológicamente, la palabra «bruja» guarda una relación con las aves de rapiña nocturnas, sobre todo las lechuzas. Es importante mencionar también que, dado que Fuentes recurre a la figura de un ave americana, traslada la tradición de la bruja occidental a la cercanía de las tierras americanas.

CONSIDERACIONES FORMALES

GÉNERO

Aura resulta particularmente difícil de encasillar en una sola categoría. A veces parece que el texto es una novela fantástica en la que colindan, sin anularse, elementos del realismo con elementos propios de la fantasía o la novela de fantasmas. Esto se debe, en gran medida, a la dificultad de entender completamente a los personajes femeninos del relato. Sin embargo, la novela contiene muchos elementos de la novela gótica, principalmente el espacio en el que sucede: una casa bañada por la penumbra, las sombras y los fantasmas, que se materializan desde el pasado para ocupar un lugar en el presente y dictaminar las acciones del futuro. Así mismo, a la luz de la cercanía con las obras que la crítica especializada ha determinado que pertenecen al mismo tipo de relato, podría concebirse la novela como parte del importante momento de la literatura latinoamericana llamado el realismo mágico.

¿Realismo mágico?

Las obras de este movimiento literario, como *Cien años de soledad*, presentan una estructura literaria compleja en el sentido de que hay una preocupación estilística por mostrar los eventos más extraños y fantásticos como algo normal y cotidiano. A lo largo de *Aura*, Felipe Montero empieza a percibir una realidad compleja y rara que, a todas luces, debería hacerlo querer huir de la mansión en la que habita. Sin embargo, antes que cuestionar las dinámicas de este nuevo espacio, las interioriza y empieza a funcionar dentro de las lógicas que la mansión le plantea: la realidad de sombras en la que no puede percibir los objetos de manera exacta y en la que tiene que orientarse a través del tacto y el olfato, el hecho de que Aura y Consuelo se comporten de manera exacta, la edad siempre cambiante del personaje que bautiza la novela, etcétera.

¿Novela gótica?

Aunque la tradición gótica se enmarca principalmente en obras producidas en Europa entre el siglo XVIII y XIX, muchos escritores latinoamericanos se nutrieron de estos textos y pasaron las lógicas de este tipo de relatos a sus propias narraciones. Novelas como *Aura* o *La casa de las dos palmas* del escritor colombiano Manuel Mejía Vallejo son ejemplos claros de cómo se adaptaron estas temáticas. Aunque Fuentes se olvida del espacio alejado y tenebroso en donde se suelen ubicar los castillos en los que suceden las narraciones góticas europeas, sí le da un espacio privilegiado dentro de su novela a la arquitectura del lugar en el que sucederá la acción de su relato. En efecto, la mansión ubicada en pleno centro histórico de Ciudad de México subvierte las reglas de la ciudad moderna en la que se encuentra situada: frente a los ruidos de los autobuses y de la mecánica monótona de la metrópoli, la casa de Consuelo y Aura está bañada de sombras, de silencio y, en general, de una naturaleza misteriosa y extraña. Este marco tenebroso y enigmático es clave para adentrarse, a tientas, en el oscuro y sombrío espacio en el que sucederán oscuros y sombríos actos.

Así mismo, otra característica de la novela gótica es la emoción desbocada que nace de la ingenua creencia de Felipe de que Aura está en apuros, retenida contra su voluntad por su malvada tía para recordar, con ella, sus años de juventud perdidos hace tiempo. Anudado a esto está un erotismo larvado, una fragilidad en la doncella en peligro que se convierte en un punto focal del relato, haciendo que la trama y las decisiones de nuestro protagonista giren en torno a este hecho.

¿Novela fantástica?

La novela fantástica, a diferencia de la gótica, está asociada al folclore y a los cuentos de hadas. Desde el epígrafe de Michelet, *Aura* presenta una dimensión fantástica que nos habla de los extraños actos de hechicería que se llevarán a cabo dentro de la mansión de la viuda de Llorente. La clave de lectura orientada a las brujas —tanto a las de la tradición europea como a las hechiceras americanas— permite encontrar en muchos de los pasajes de la novela una relación con la brujería y la magia. Desde el animal que acompaña a Consuelo hasta el inherente olor a plantas de la misteriosa Aura, la novela está llena de símbolos relacionados con la hechicería y la fantasía que, si nos preocupamos por buscarlos, aparecerán conforme avanza el relato.

EL LENGUAJE Y EL SUJETO QUE NARRA

Como pocas novelas, *Aura* está escrita en segunda persona del singular: existe una voz que le habla al lector como si lo conociera y, aún más, es como si al leer la novela el lector inmediatamente se convirtiera en Felipe Montero:

> «Lees ese anuncio: una oferta de esa naturaleza no se hace todos los días. Lees y relees el aviso. Parece dirigido a ti, a nadie más. [...] Sólo falta tu nombre. Sólo falta que las letras más negras y llamativas del aviso informen: Felipe Montero. Se solicita Felipe Montero, antiguo becario de la Sorbona, historiador cargado de datos inútiles, acostumbrado a exhumar papeles amarillentos, profesor auxiliar en escuelas particulares [...] Pero si leyeras eso, sospecharías, lo tomarías en broma» (Fuentes 2015, 11).

Esta voz narrativa que con tanta familiaridad se dirige al lector desde el cómodo lugar del «tú», y que habla indistintamente desde el presente y desde el futuro, presenta un interrogante importante sobre quién está detrás de su articulación. El tú del relato es una persona pasiva sobre la que la acción ejerce una fuerza, por tanto, debe existir un «yo» que está generando dicha acción. Esto nos plantea una dificultad crítica de primera mano: ¿quién está hablando detrás de estas palabras? Como en la casa de Consuelo, en que las voces y las personas se confunden, en la narración tampoco sabemos quién está orquestando la acción. ¿Es Felipe quien, al haber ya vivido toda esta experiencia, puede enunciar con precisión lo que va a suceder? O, por el contrario, ¿es la viuda de Llorente, Consuelo, la que narra la trampa en la que caerá Felipe, y que con sus artes hechiceras profetiza sobre el porvenir del ingenuo historiador?

La manera sutil que tiene Fuentes para construir el relato lo convierte en un excelente narrador tramposo: la escritura en *Aura* trabaja en dos planos de manera simultánea. En primera instancia, la voz narrativa se encarga de presentar, poco a poco y de la manera en que Felipe la va descubriendo, toda la información que compondrá la historia. Sin embargo, detrás de cada suceso, de cada dato y de cada objeto existe una enorme dimensión que es necesario descubrir para acceder, como la llave de Consuelo que abre el cajón que contiene las memorias de su esposo, a todas las claves de esta tenebrosa historia. En vez de contar todo lo que sucede, Fuentes logra engañar al lector presentándole la información clave para reconstruir el relato sin que este se entere. De esta manera, mirando hacia atrás, el lector será consciente de que siempre tuvo las claves para entender el misterio de Aura frente a sus narices, pero, debido a la manera inteligente en que el narrador despacha dicha información, estos datos pasarán desapercibidos incluso para el lector más experto.

TEMÁTICAS Y CLAVES DE LECTURA

LA BRUJERÍA

Como se mencionó más arriba, *Aura* está cargada de referencias a la hechicería y a las brujas. En este sentido, el epígrafe de Michelet no debe tomarse a la ligera: esta será la clave principal para desenmarañar el misterio de la mansión y de la historia. Michelet se preocupaba, un siglo antes de la publicación de *Aura*, por estudiar la figura de la bruja y reflexionar sobre este ser mágico y misterioso. Por razones de espacio, no podemos extendernos sobre este tema en particular, pero es importante resaltar que el libro del historiador francés (no podía ser de otra forma) indaga en la relación entre la religión, la mujer, la naturaleza y la fertilidad. Entonces, ya desde el epígrafe queda ejemplificada dicha relación.

Aunada a ello está la relación de la bruja con la naturaleza. Cada detalle es preciso para entender el complejo juego de referentes que traza Fuentes en su obra: el color verde asociado desde siempre con la naturaleza, las plantas principalmente narcóticas que cultiva Aura en su jardín y que le permiten a Consuelo encontrar el secreto de la juventud eterna que siempre florece, las escenas bucólicas que decoran entre sombras las paredes de la mansión, el espíritu familiar (una entidad sobrenatural que es convocada por la bruja en el folclore europeo y en este caso representado por la coneja Saga, que significa literalmente «hechicera», y que está asociada con la fertilidad), etcétera. A través de esta compleja relación con la naturaleza, que desdeña todo saber científico, la bruja puede hacerse con la fórmula mágica para reencarnarse indefinidamente en su doble más joven, Aura:

> «[...] Más tarde: "La encontré delirante, abrazada a la almohada. Gritaba: 'Sí, sí, sí, he podido: la he encarnado; puedo convocarla, puedo darle vida con mi vida'. Tuve que llamar al médico. [...]" "[...] Consuelo, pobre Consuelo... Consuelo, también el demonio fue un ángel, antes..."» (Fuentes 2015, 45).

Al verse incapaz de concebir por los medios convencionales un hijo de su amado, Consuelo recurre a unos saberes que su esposo considera enfermizos: la magia y la brujería. A través de estos conocimientos alcanzará la inmortalidad en Aura, una flor que renacerá una y otra vez como el jardín que cuida con tanto recelo y como el fruto cuya función es germinar para luego marchitarse entre sombras. Con la magia, además, Consuelo conseguirá revivir a su esposo mediante Felipe, quien, cegado por el hechizo de Aura, renunciará a su voluntad y a su identidad para transmutarse en su espectro del pasado: el general Llorente.

¿Sabía que...?

Fuentes extrajo las referencias de las plantas mágicas de *Aura* del libro de Michelet del que también tomó el epígrafe. En el texto del autor francés se hace una larga explicación de estas especies vegetales, y todas las plantas que se mencionan tienen relación con la brujería. Montero las reconoce porque ha leído sobre ellas en antiguas crónicas.

EL DESEO

La magia responde a la proyección de un deseo que se consuma a través de un ritual: existen, en la tradición, pócimas para enamorar, ungüentos para curar todos los males que la medicina tradicional no puede resolver, o incluso hechizos para dar a una persona los poderes con los que siempre soñó pero que, por su condición humana, es incapaz de tener. En el caso particular de *Aura*, Consuelo tiene el deseo de dar a luz a un hijo de su amado, una proyección que permite detener el tiempo, pues todo hijo es la continuación de sus padres, una manera de vencer a las manecillas del reloj que, de manera implacable, siempre avanzan en nuestra contra. En cierto sentido, Consuelo desea no perder su juventud nunca. Pero, además, como su esposo no pudo escapar de la lógica del tiempo y le alcanzó definitivamente la muerte, Consuelo busca recuperar al general Llorente a través de Felipe, su doble del presente.

Así mismo, Felipe desea a Aura. El joven historiador ambiciona hacerse con la mujer y, conforme a sus fantasías heroicas, salvarla de su despiadada tía, que la mantiene cautiva contra su voluntad. Felipe justifica su deseo creyendo adivinar el deseo de la malvada mujer:

> «Sabes, al cerrar de nuevo el folio, que por eso vive Aura en esta casa: para perpetuar la ilusión de juventud y belleza de la pobre anciana enloquecida. Aura, encerrada como un espejo, como un ícono más de este muro religioso, cuajado de milagros, corazones preservados, demonios y santos imaginados» (Fuentes 2015, 34).

Sin embargo, el joven historiador se equivoca: no es Aura quien está a merced de su deseo, sino que él mismo ha caído en su hechizo y, conforme a los deseos de la misteriosa mujer, termina optando por quedarse en la mansión, dentro de una piel que no es la suya para satisfacer la necesidad de Consuelo de tener un esposo. Visto de otro modo, cuando Felipe consuma su deseo de acostarse con Aura, esta proyecta sobre él sus propios deseos y lo convierte en su esposo. El deseo y la magia están relacionados con la siguiente clave de lectura.

EL RITUAL

Para que el deseo de Consuelo se concrete a través de la hechicería es necesario llevar a cabo un ritual. En este caso, en concordancia con la tradición de las brujas, es necesario llevar a cabo un sacrificio. Recordemos la imagen de Felipe mirando a los gatos que arden sobre el tejado en llamas, antes de su primer encuentro sexual con Aura; este sacrificio es necesario para engendrar algo que va más allá del producto de las relaciones coitales normales: en este ritual, que se lleva a cabo a la manera pagana del sexo, se engendrará a un doble, el general Llorente, que pasará a habitar la piel del joven historiador. Además, dentro de las memorias del fallecido héroe de guerra, se encuentra un apartado en que el condecorado militar explica cómo encontró a Consuelo torturando a un gato, con las piernas abiertas y desnuda, antes de su primera relación íntima.

Hay un segundo ritual en el que Montero pierde, definitivamente, toda su identidad y se transforma en el doble que ha venido descubriendo —y reescribiendo— desde su llegada a la casa. El sacrificio del macho cabrío, conforme a las tradiciones paganas, era una parte esencial de los rituales de las hechiceras. La palabra «aquelarre», que se refiere a una reunión de brujas, significa literalmente «macho cabrío». Es por ello que la escena del sacrificio de este animal en la novela guarda tanta importancia. Además, esta escena nos permite continuar entreviendo el desdoblamiento de Consuelo en Aura pues, conforme el objeto amado de Felipe sacrifica inmisericorde al chivo, Consuelo realiza exactamente los mismos movimientos en la oscuridad de su alcoba. Tras este sacrificio —que no forma parte de la cena que después consumirá el joven historiador en solitario—, el enamorado se adentra en los dominios de Aura, ahora transformada en una mujer cercana a los cuarenta años.

El baile, parte esencial del ritual, se lleva a cabo después de que Aura lave simbólicamente los pies de Felipe, y comienza de manera lenta para terminar en un desaforado éxtasis de la carne, para culminar, inevitablemente, en un encuentro sexual. Luego, recordando a su tía llena de migajas, Aura le presenta una hostia a Felipe, que ambos comen sobre el lecho en que acaban de consumar su deseo, como una translocación de la comunión católica, dando por finalizado el ritual. Solo entonces Felipe reparará en la duplicidad de Consuelo y Aura.

JUEGO DE DOBLES

Aura está llena de una ordenada simetría que Fuentes construye con minuciosidad y en la que reparamos después de haber leído y releído la novela. La dupla Aura-Consuelo se corresponde con la dupla Felipe-Llorente. Este juego de opuestos estará presente a lo largo de la novela y adquiere connotaciones simbólicas importantes.

Podemos pensar, en un principio, en la relación espacial que se construye entre la ciudad y la mansión pues, como se ha dicho anteriormente, un espacio es completamente opuesto al otro. Esto también sucede dentro de la casa misma: a Felipe se le asigna el único dormitorio iluminado, mientras el resto del espacio está en tinieblas. Esta relación lumínica se traduce, metafóricamente, en la relación entre razón e instinto. En efecto, la luz que baña la alcoba del joven historiador presenta las cosas como son, de manera racional, mientras que la penumbra en la que reposan el resto de las habitaciones obliga a que el protagonista se guíe por su instinto, por su tacto y olfato y, en definitiva, por sus deseos más animales, renunciando a su racionalidad y lógica. Por último, la relación entre México y Francia no es gratuita: el primer país, por formar parte del continente americano, está provisto de un aura mística y salvaje, mientras que el segundo es la cuna de la ilustración, movimiento filosófico que daba prelación a la razón sobre todo lo demás.

Aunque los espejos reflejen imágenes opuestas, no podemos olvidarnos de que también esas imágenes proyectadas corresponden al mismo objeto. En este sentido, la manera en que Aura y Consuelo se comportan de manera idéntica explica esta compleja dinámica que Fuentes plantea en su obra. El texto está repleto de estas correspondencias: en un primer momento, Felipe le entrega a Aura la llave de sus archivos, en los que reposa su obra, su proyecto de vida. Inmediatamente, el historiador recibirá la llave del lugar en que están guardadas las memorias de Llorente: en este acto simbólico Felipe renuncia a su identidad y empieza a convertirse en su doble, con el que luego se adivinará en las fotografías encontradas entre los folios, cuando por fin termina de leer las memorias del fallecido esposo de Consuelo. Estas dinámicas se encuentran a lo largo de todo el libro y, probablemente, muchas de ellas se escapan en una primera lectura.

PISTAS PARA LA REFLEXIÓN

ALGUNAS PREGUNTAS PARA PROFUNDIZAR EN SU REFLEXIÓN...

- ¿Cómo funciona el tiempo dentro de la novela?
- ¿Cuál es la función del jardín de la casa de Consuelo?
- ¿Qué relación guarda la fotografía que Felipe encuentra con el deseo de Consuelo?
- A su modo de ver, ¿por qué es importante que Felipe sea un historiador?
- ¿Qué papel cumple la religión en la obra?
- A la luz de lo expuesto, ¿en qué género enmarcaría la novela *Aura*?
- ¿Podría ocupar otra persona el puesto específico de Felipe en la mansión de Consuelo?
- ¿Quién está narrando la historia? ¿Felipe? ¿Consuelo? ¿Aura? ¿Podría tratarse de alguien más? Argumente su respuesta.

¡Su opinión nos interesa!
¡Deje un comentario en la página web de su librería en línea,
y comparta sus favoritos en las redes sociales!

PARA IR MÁS ALLÁ

EDICIÓN DE REFERENCIA

- Fuentes, Carlos. 2015. *Aura*. Bogotá: Norma.

ESTUDIOS DE REFERENCIA

- Castañón, Adolfo. 2015. "Carlos Fuentes: *AURA*". *Carlos Fuentes. Vida y obra*. Bogotá: Norma.
- Mendoza, Mario. 2015. "Un aquelarre en la calle Donceles 815". *Carlos Fuentes. Vida y obra*. Bogotá: Norma.

LECTURAS RECOMENDADAS

- Durán, Gloria. 1971. "La bruja de Carlos Fuentes". *Homenaje a Carlos Fuentes*. Madrid: Editorial Anaya.
- Michelet, Jules. 1984. *La bruja*. Barcelona: Editorial Labor.

ResumenExpress.com

Muchas más guías para descubrir tu pasión por la literatura

www.resumenexpress.com

www.resumenexpress.com

ISBN ebook: 9782806292414

ISBN papel: 9782806292421

Depósito legal: D/2016/12603/945

Cubierta: © Primento

Libro realizado por Primento, *el socio digital de los editores*